Lola Lolita amor incondicional por sus mascotas

su perrita Lulu y su gatita galletita.

SILVIA ALADRO

Ilustraciones realizadas por: Jasmin Flores

Para realizar pedidos de este libro, contacte con:
Palibrio LLC
1663 Liberty Drive
Suite 200
Bloomington, IN 47403
Gratis desde EE. UU. al 877.407.5847
Gratis desde México al 01.800.288.2243
Gratis desde España al 900.866.949
Desde otro país al +1.812.671.9757
Fax: 01.812.355.1576
ventas@palibrio.com

ISBN: 978-1-5065-5163-0 (sc)
ISBN: 978-1-5065-5164-7 (e)

Número de Control de la Biblioteca del Congreso: 2023921081

Información de la imprenta disponible en la última página

Fecha de revisión: 11/29/2023

Lolita disfrutaba de la lectura de un hermoso libro, en compañía de sus mascotas.

De repente lolita escucha una vos desde la cocina
era la abuelita que le decía "¡Ven por favor! "

5 minutos después Lolita vuelve al corredor.
Y su sorpresa es que sus mascotas no estaban.

Lolita pego un grito de exclamación.
"¡Oh no! ¡mis mascotas no están!"

7

Desde la cocina la abuelita escucha el grito de Lolita
y asustada tira todo lo que tenía en las manos.
Sale corriendo donde esta Lolita para ver el que le paso.

Lolita estas bien?
“¡No no no! ¡Mis mascotas se han escapado bajo la tormenta! Oh, no ¿Qué les va pasar, abue?”

Ella igual seguía llorando, no tenía Consuelo.

Lolita estaba demasiado preocupada
para esperar por sus mascotas.
Ella misma decidió salir a buscarlos.

La abue regreso a la cocina.
Pasaron 20 minutos, la abuela pensó que todo estaba bien y regreso a la sala a ver a Lolita.

para su sorpresa lolita no estaba en la casa.

¡Oh no! Muy nerviosos
ellos recordaron que había
cocodrilos en el estanque.

En ese instante salieron corriendo y bajaron rápido el barranco en medio de la tormenta que no paraba ni por un instante.

Pensaban que los cocodrilos se la habían comido a Lolita y a sus mascotas. Cruzaron el riachuelo saltando de Piedra en Piedra, corrían y miraban si los cocodrilos estaban allí.

Ellos gritaban “¡lolita donde estas!” Miraban
a todos lados y no veían nada nada.

Estaban muy preocupados por el peligro que corría.
"Yo voy por este camino y tu Fefo por el otro lado"

"Vamos por este lado ella no pudo ir muy lejos"
La abue recordó que a Lolita le gustaba jugar debajo de un árbol, era uno muy grande que estaba en la entrada de la propiedad, Así que corrieron con la esperanza de que estuviera allí.

La alegría fue tan grande de ver que Lolita estaba allí. Mojada, dormía abrazada con sus mascotas, todos están mojados y llenos de lodo.

la abue exclamó de alegría "¡Gracias a Dios que están bien!"

Lolita vio a sus abuelitos y les dijo "¡Perdón abuelitos, pero amo mucho a mis mascotas, sin ellos no podría vivir!"

Los abuelos la vieron tiernamente. Y no dijeron nada solo la abrazaron y le dieron besos.

El abuelo la cargo en sus brazos y la abuela cargo a las mascotas.

llegaron a casa y platicaron con lolita, le dijeron "¡Por favor no lo vuelvas hacerlo, pensamos que los cocodrilos te habían comido a ti y a las mascotas!"

"Les prometo que no volverá a pasar, por favor perdónenme por haberles hecho pasar un mal rato, lo hice por el amor a mis mascotas."

Ella abrazo tiernamente a sus abuelitos.
Ellos sonrieron y le dijeron !Lola Lolita
ah que niña tan bonita..!

Printed in the United States
by Baker & Taylor Publisher Services